KB097334

방아깨비 사랑

방아깨비 사랑

이문기 시집

우리글

머리말

삶은
탄생과 만남으로 시작하여
이별 혹은 죽음으로 이어지는
연속선 위에서
사랑과 함께 많은 것들을 끊임없이 반복한다.
나는 숨을 쉰다, 그러므로 존재한다.
또한 사랑한다, 그러므로 존재한다.

시를 향한 서툰 헛발질을
이해해주기 바라며
이름 없는 별들과 들꽃에게
이 글을 띄운다.

2015년 시월에
이문기

차례

2부 다윗왕의 반지

3부 복사꽃마을

방아깨비 사랑

1부 바람, 그리고 햇살

해바라기

아들 키를 넘더니
이제 아버지 키보다 훨씬 큽니다

바람에 흔들리지 않는 것은 뿌리가 깊기 때문입니다

모나지 않은 동그란 얼굴은
어머니의 넉넉한 마음을 꼭 닮았습니다

동쪽 하늘에 해가 떠오를 때면
슬몃 고개 돌려 바라봅니다
한낮의 뜨거운 햇볕도 말없이 견뎌냅니다
노을이 아름다운 저녁에는 겸손하게 고개 숙입니다
까만 씨 영글 내일을 기약하며
먼 날을 희망합니다

그대를 바라보며 기다림을 배우고
그리움을 압니다
한결같이 그대를 사랑합니다

바람, 그리고 햇살

느티나무 잎새 사이로
갈바람 스치고 지나가네
흔들릴 뿐
말이 없네

느티나무 잎새 위로
가을 햇살 쏟아지네
빛날 뿐
흔들리지 않네

길 위에 그득한
바람과 햇살
바람과 햇살은
길을 막지 않네

삼월

대나무 숲 한 켠에 핀 동백꽃

한 폭의 그림 같고

꽃망울 사이로 번지는 매화 향기

할아버지 명주저고리 옷깃 스치며

사랑방 남쪽 창문 넘나드네

겨우내 움츠리고 있던 하얀 목련 송이

잠 깨어 기지개 펴다가

꽃샘추위에 놀라 머뭇거리는

꿈결 같은 봄날

사월

라일락 꽃향기 품은 하늬바람
토방 아래 앉아 졸고 있는
고양이 눈망울
진달래꽃 꺾어 먹던 고향 순이

봄비

말이 없어도
그냥 한마음이네
먼 하늘에서 날아온 별똥별처럼
빗방울 가슴에 떨어지네

여름날 소묘

솜사탕 마냥 피어오르는 구름
나비는 길섶 민들레 꽃잎 위에서 잠들고
풀밭 위 어린 송아지
지평선 보이지 않는 황톳길
어디선가 들리는 마른 천둥소리
산등성이 비탈길 오르내리는 사이
소나기 쏟아지네

고추잠자리

옥빛 뚝뚝 떨어지는 하늘가
가을도 한참 기울어
서늘한 바람 수수밭을 흔들고
초가집 마당 잠자리 떼
저마다 바빠
빙글 빙글 끝없이 맴도는데

고추잠자리 한 쌍
한 몸이 되어 날고 있다
봉숭아 꽃물 든 누이 손톱 닮은
빨간 잠자리
이팝나무 가지에 살풋 앉아
잠망경 곁눈으로
이리 저리 고개를 갸우뚱
무슨 생각을 저리 골똘히 하고 있는 걸까

구름처럼

고향을 모르는 채 떠돈다
바람이 이끄는 데로 간다
무심히 흘러간다

하루 종일 떠돌다 지치면
채송화 꽃잎 위에 살풋 내려 앉아
작은 얼굴 쓰다듬어주고 싶다

까투리 모정母情

다박솔 숲길로
괴나리봇짐 하나 걸치고 간다
산나리 꽃에 정신이 팔린 사이
어디선가 나타난 까투리 한 마리
비틀거리며 지나간다
술에 취했나
봄에 취했나

코앞에서 종종 걸음으로
이러 비틀 저리 비틀
쉬이 잡힐 듯 하더니 잡히지 않네
돌부리에 걸려 넘어진 나를 힐끗 바라보더니
떡갈나무 사이로 총총히 달아난다
그러는 사이 까투리 새끼들 꼭꼭 숨었네

낙엽

차가운 가을 달빛 아래
은사시 나뭇잎 하나
거미줄에 매달려 떨고 있더니
날카로운 밤바람에 멱살 잡혀
어디론가 휩쓸려 간다
지난여름 푸르렀던 날도
기억 저편으로 사라지고 있다

바람
— 삶 7

세상이 따뜻한 봄날에는
함께 봄이다
공기도 숨을 쉬면 깨어나고
미미한 존재라며 무시해도 조용히 말한다
"우리 함께 삽시다"
부드럽게 흐르며 모두를 감싼다
바람은 바른 길로 모여들어
길을 막아도 지나간다
독재도 탐욕도 무너뜨린다
바람은 잠시 쉬어갈 뿐
결코 잠들지 않는다

백합

에덴동산에 떨구어진
이브의 눈물 한 방울
순백의 꽃으로 피어났네
천사도 날개 잃으면
눈물 흘리고
또 한 송이 백합으로 피어나겠지
빛이 모여 하얀 마음
더 하얗게 빛나
백합꽃 한 송이 가슴 떨리네

산골의 아침

창밖은 아직
깊이를 알 수 없는
어둠에 쌓여 있는데
닭 울음소리
산새들 노래 소리
서늘한 바람
창틈 사이로 넘나드네
숲 내음 들이쉬니
나도 한 그루 나무가 되네

바람과 꽃

흔들리는 바람에
꽃이 자란다
꽃이 흔들려도
바람은 멈추지 않는다
앞으로 나아갈 뿐
아무도 막을 수 없다

거센 바람이 불어도
꽃들은 날마다 새롭게 피어난다

석류

페르시아 영혼의 별
붉은 주머니에 하나씩
정성을 다해 담았네
루비처럼 알알이 박힌 보석들

비너스의 아름다움을 시기했던
페르시아 여인들과
이집트 여왕, 중국의 황후 앞에서
나는 맑고 투명한 가슴을 열어 보이고
한 방울 붉은 피가 되어 사라졌지만
아름다운 여인을 비추는 거울 속에서
나는 오늘도 또 내일도
다시 태어나는 거라네

송사리 떼

가랑비 내린 양재천
수양버들 늘어진 물 아래 송사리떼
반나절은 먹이 찾아
반나절은 사랑 찾아
돌 틈 사이 휘젓고 다닌다
거친 물살도 힘차게 헤치고 나간다
세차게 밀려오는 물살도 거슬러 오른다
'살아 있어요, 살아 있어요'
끊임없이 조잘거리며
삶과 죽음 사이를 헤엄쳐간다

숲 속의 아침

호반에서 물안개가 피어오르고 있다
한 줄기 햇살이 키 큰 나무 위에서 빛난다
맑은 바람이 새소리를 싣고 와 아침을 깨운다

떡갈나무 잎사귀에 맺힌 작은 이슬방울
솔 숲 향기가 들꽃에 스미어
아스라이 먼 기억을 불러온다
깊은 고요가 나를 삼켜버릴 것 같다

숲

슬픔과 외로움에 지쳤을 때
네 품에 안기면
생명의 숨결로 고요히 감싸주네
새들의 노래 들으며
아카시아 꽃향기를 맡네
지나가는 바람과
아침 안개
사방에서 나를 어루만져주네
숲은 알 수 없는 그리움이네

풋고추

배잠뱅이 구슬땀에 흠뻑 젖어
찬물로 등물하고
평상에 올라앉는다
보리밥 물에 말아
된장에 풋고추 찍어 먹으면
아삭 아삭
감나무 그늘 아래
매미 소리 가득하다

2부 다윗왕의 반지

세발낙지

가녀린 다리
앙증맞은 발가락
저 작은 빨판으로
칠흑 깊은 뻘 속 지구에너지
다 빨아들이기라도 하겠다는 듯이

삶

쉬지 않고 오간다
인생은 바삐 달려가는 지하철
정확히 그 시각에 출발해
그 시각에 도착해야 한다
아, 달음박질에 숨이 찬다

그 뜻

뜻은 있으되
뜻이 깊은 것은 아니며
뜻이 적다고 해서
뜻이 없는 것은 아니라네

노력한 만큼
뜻을 찾을 수는 있겠지만
억지로 찾으려 하면
퇴색되어 버리네

작은 뜻은 작은 만큼
큰 뜻은 큰 만큼
뜻은 그 뜻만큼
삶의 뜻이 있는 거라네

시간은 어디로 가나

처음과 끝을 모르는
허공으로 떠밀려 가네
고운 얼굴 젊은 날
꽃반지 만들어 주던 그 시간은
시계 속으로 빨려 들어가 버리고
시계 초침이라도 붙잡아 보려 매달리지만
잠시도 쉬지 않고
저만치 달아나네

오백년 느티나무
은하수 사이로 흘러가는
별을 바라보네
사람의 시간은 티끌이네

다윗왕의 반지

– 삶 6

다윗왕 반지에 새겨진 의미도 지나가리라
해가 빛나도 지나가리라
달 또한 지나가리라
삶이 우리를 망가뜨려도 지나가리라
지구의 종말이 온다 해도 역시 지나가리라

풀꽃 한 송이와 개미를 보라
이슬방울 나눠 마시며 솜털 같은 먹이도 나눠먹는다

그대의 삶을 축복하지도 않지만
비난하지도 않는다

내 인생의 왕관과 황금도
축복과 저주도
이것 역시 곧 지나가리라

This, too shall pass away.

생각의 생각

뇌 속을 파고 든다
잠 못 이룬 시간에 찾아와
쉬 떠나지 않고 머문다
어두운 곳에 꽁꽁 숨어
작은 둥지를 틀고 앉아
밤낮으로 뇌를 갉아 먹는다
온몸이 과거와 미래로 빨려들어가는 꿈속
발버둥을 쳤지만
더 깊은 수렁 속으로 나를 빠뜨린다

여행

시간을 짊어진 채
달리는 열차에 올라탄다
완행열차를 타고 출발했는데
속도는 점점 빨라지고
출구도 없고 입구도 없다
간이역도 없고
뛰어 내릴 수도 없다
출발의 기억 사라져
도착 시각을 알 수 없다
열차에 몸을 맡긴 채
후회하며 눈물을 흘리기도 하고
우리는 사랑을 나누기도 한다

머뭇거리는 사이
종착역은 가까워지고
종착역에서는 행복도 불행도 다 사라진다
열차는 멈추지 않고
각각의 종착역에 우리를
말없이 내다버린다

동그라미

일정한 거리
한 점 한 점이 모여 만들어졌네
평등한 거리 밖, 한 점의 주인들
그래서 동그라미 속에는
대한민국 헌법 제1조가 있네
슬픔과 기쁨을 감싸 안고
다함께 손잡고 돌다 보면
뾰쪽한 모서리 감추게 되겠네

색즉시공

노을이
지는 해를 더 슬프게 하고
빛나던 너의 별
유성이 되어 흘러가네
붉은 해 바다에 고꾸라지더니
그믐달 뒤로 숨네
사슴의 맑은 눈망울이
사자 이빨에 존재하고
하늘 높이 날아간 새
땅에 내려와 한 줌 흙이 되고
어머니 무덤가 초생달빛
들꽃 비추어주네

가슴에 꿈을 가득 품은 채
수평선을 향해 달려가는 사람들
헛된 욕망으로 파도에 뛰어드네
한 방울 물거품이 되어 사라지는 줄도 모르는 채

빛

태초에 있었다
존재하는 것은
존재의 의미를 찾아 끝없이 달려간다
작은 입자처럼 날아간다
파도처럼 물결을 일으킨다
지치면 사라지고
막혀 있으면 되돌아간다
때론 그림자를 남긴다
해와 달, 별이 나를 지구에 보냈으므로
그들은 내가 살아 있는지 끊임없이 확인한다
키 작은 채송화 꽃잎도
키 큰 상수리나무 잎새도 나를 찾는다
눈물도 본다
탄광에 갇혀있던 광부가 나를 보고
환호하던 목소리를 나는 잊을 수가 없다
광화문 광장에서 서로 알아보고
나를 찾아 나설 때면
나도 위로를 주고 받는다
쥐구멍도 찾아간다

캄캄한 교도소 창틈으로 안부를 전해주기도 한다
폭풍우에 떠내려가는 어부를 위해
등대에서 외롭게 밤을 보낸 적도 많다
오늘은 꿈을 잃어버린 아이들에게
무지갯빛을 선물했지만
가슴이 뛰놀지 않아 슬펐다
햇빛도 달빛도 별빛도
태초부터 함께 살았지만
존재의 의미를 알아주는 이가 점점 적어져
나는 서서히 빛을 잃어가고 있다

생로병사 1

우주가 창조되어
생명은 끝없이 이어지고
사랑은 사랑을 낳고
사람은 사람을 낳는데

가득 차올라 분출되는 체액
정자는 힘차게 헤엄치고
난자는 아늑한 자궁을 꿈꾸어 보지만
잉태된 생명은 고통의 바다로 흘러가네

희로애락 반복되고
칠정오욕 버릴 수 없어
권모술수 아부 난무하는 막 가는 세상
살인 방화 전쟁 약탈 멈추지 않는
끔찍한 인생살이

태어나는 것은 축복인데
삶은 또 무엇일까
먼지 쌓인 속세에 살아가니
오늘도 다람쥐 쳇바퀴만 돈다

생로병사 2

갓난아기 걸음마 배워
코흘리개 소년이 되더니
어느새 검은 머리에 흰 서리 내려
아버지가 되었네
돋보기 끼고
이빨 빠진 자리에 임플란트 하고
누군들 늙지 않으리

젊은 날 해맑은 얼굴
이제 골이 패인 자리에 잔주름만 늘어
보톡스 한 두 번에
고운 얼굴 다시 볼까

천석군 김 첨지 노인
인삼 녹용 옆에 끼고
진시황은 불로장생 불로초를 찾아 헤맸지만
수억 광년 날아온 별빛 바라보니
찰나 인생 참 덧없네

운명

신은 말이 없다

지켜만 볼 뿐

자유 의지는

내 몸 안에서 항상 잠자고

우리는 그저 바람에 떠밀려 흘러간다

물살에 거세게 흔들릴 때면

이율배반의 생각이 끊임없이 꿈틀거린다

때로는 동쪽으로

때로는 서쪽으로 항로를 틀어

잔잔한 물살 위로 달리고 싶다

운명은 운명을 탓하지 않는다

내 인생의 우주 속에 낚싯줄을 던져

아름다운 운명을 낚아

살 수 있게 되길 바랄 뿐

생로병사 3

잔병치레 하고 나니
어린 시절 천하장사 우습고
자신만만하던 젊은 몸에
켜켜이 스트레스만 쌓여
알코올중독 위궤양 편두통……

종합병원이 출근한다
골목마다 병원 간판
앞집 의사 뒷집 의사
심장 수술 전문가
두개골을 여는 박사들
칼 들고 약 주느라
하루도 쉬지 않네

병든 인생살이
참고 또 참다가
투병으로 힘든 세월
진정한 화타 편작은 어디 있는가

생로병사 4

태어남도 죽음도
의미의 무의미가 되어
오늘도 태어나고
내일도 죽는다

해 지고
달 지는 것 변함없는데
백년도 못 살고
오 푼짜리 동전 한 잎
힘없어 못 쥐고
떠나가는 인생

부귀영화 뒤돌아본들
뜬 구름이고
천당 극락 어디이며
부활 윤회 어이 알리

슬픔에 잠긴 그대 두고 떠나는
구만리 구천 길
오늘밤 요단강 건너
누굴 만나리

영혼

어렸을 때 밤길을 가다가
날아가는 혼불을 보고
건넛마을 살던 친척 할아버지 떠올라
편안히 가시라고 기도드렸는데

조직학 실습실에서 부검을 하다가
머릿속 어디엔가
영혼이 머문 공간이 있지 않을까 문득 궁금해졌다
뇌 속의 가느다란 실핏줄 속이나
고동치는 심장의 작은 방이나
마시고 내뱉는 숨결 속이 아닐까

성당에 앉아 기도 드릴 때
절에 가서 참선할 때
너는 온화하고 자비로운 모습으로
삶과 죽음 사이를 들락날락거리며
내 몸 안에
내 몸 밖에
언제나 함께 있다

육신을 벗어나 영원한 삶을 찾아 떠나도
먼 곳에서 존재의 의미를 잃지 않으면 좋겠다
존재의 의미는 항상 존재하고
공空은 공空으로 되돌아올 것이므로……

인생 여정

들창문 아직 어둑한 동틀 무렵
어머니 따뜻한 젖꼭지 입에 물고
오줌이 마려우면 기저귀 적시고
배고프면 맘껏 울음 터뜨렸는데

지금은 사막바람 불어오는 광야에 던져져
도끼날에 머리가 뼈개질 것 같은
뜨거운 한낮
해는 중천에 떠 있고
손발은 묶여 있고
쉴 새 없이 조여 오는 밧줄

해탈

― 삶4

산골 절벽 아래
허물어져 가고 있는 작은 절
늙은 스님 옷자락에
푸른 고요가 매달려 있네
마른 가랑잎이 말을 걸며
스님 발길을 뒤따라가네
싸락눈 하나 둘……
영겁으로 내리네

3부 복사꽃마을

그리움

강물이 되어
먼 곳에서부터 천천히 다가와
떠나지 않고 맴도네
새벽잠을 깨우고
아이가 자라 어른이 되듯
잊을만하면 마음속에서 한 뼘씩 자라네
산기슭 낙엽처럼
가슴에 쌓이네

고요한 봄

인적 드문 골짜기
흐르는 물소리는 고요에 묻히고
떨어지는 꽃송이 물 위를 흘러가네
바람 없는 하늘에 새털구름 흘러가네
앞마당 목련 가지에 앉은
나비 날개를 스치며
봄날이 지나가고 있네

복사꽃마을

낮에는 햇살 따사롭고
밤이면 별빛 달빛에 눈이 시려
봄가을 없이 복사꽃 피고 지네
떠나는 사람도 없네
복사꽃마을 사람들
꽃향기 머금고
가슴 열어 서로 사랑하네
농부들 쟁기질 바쁘고
아이들 숨바꼭질 즐겁네
저승사자도
연분홍 꽃향기에 취해
꽃그늘에서 절로 잠이 드는 복사꽃마을
세월마저 쉬어 가네

매산리

어린 시절 뛰어놀던 고향마을 매산리
대나무 숲 사이 하늘 높고
산등성이 위로 뭉게구름 피어올라
따스한 어머님 품안 같은 곳

오백년 세월동안 마을 어귀를 지켜주는 느티나무
귓가에 매미소리 가득하고
어둠이 내려 모깃불 피워놓으면
호랑이 담배 피던 얘기
할머니 손끝에서 실타래처럼 술술 풀려
별빛도 졸다 깨다 팔베개하고 잠들면
반딧불이 한 쌍 어둠을 밝혀주던
아무 걱정 없던 꿈속의 나날들

소낙비

먹구름 빠르게 달려간다

대나무 이파리 흔들며 쏴아–
쏟아지는 빗줄기

들판에 풀어둔 송아지 걱정에
하늘을 쳐다본다

순이가 빠져죽었다는 동쪽 마을 우물가
어느새 오색 무지개 부리를 내리고 있다

꼬막

제삿날 함께 둘러앉아 까먹던
가느다란 줄무늬 세꼬막
연탄불 피워둔
무쇠 솥단지 안에 한가득 담겨 있네

꼬막 한 바구니
입을 빠끔히 벌리면
군침이 저절로 고여
손톱 아픈 줄도 모르고 까먹었는데

가을 외갓집

길 잃고 하늘거리는 철 지난 나비

벼이삭 익어가는 논두렁

풀잎 사이 뛰어다니던 메뚜기

눈만 끔벅이고 있는 서리 맞은 개구리

길섶 감나무에 한가득 매달려있는 붉은 감

외할아버지와 마주 앉아 먹던 햅쌀밥에 조기구이

십리 오솔길 돌아 산마루

떡갈나무 상수리나무 황금빛 붉은 갈색 단풍

도토리 줍는 다람쥐와 눈이 맞으면

알밤 하나 던져주고

잎새 하나 단풍 드니

온 천지가 가을이네

청운동 골짜기

자두꽃 살구꽃 피면
만덕산 기슭 아래 청운동 골짜기에도
봄이 오는 걸까
오래된 원혼들이 꽃답게 꽃을 피우는 걸까

한국전쟁이 백의민족 갈기갈기 찢어놓고
청운동 골짜기 핏빛으로 물들여
터벅쇠 머슴은 죽창 들고 낫 들고 이리 저리 휩쓸리고
끌려간 김 부자 소식 여태 알 길이 없네

푸른 구름 머물러
푸른 물 흐르는 골짜기
슬픈 역사가 소리 내어 흐느끼네
통일의 방향키는 틀지 못한 채
회색 이념 다툼에 어리석은 세월만 흘러가네
싱그런 잎새 사이
살구랑 자두는 알알이 한데 모여
향기롭게 익어가고 있는데

할머니 생각

성묘 가는 뒷산 수북이 자란 덤불속에서
할머니가 좋아하셨던 꽃
찔레꽃 향기가 난다

양지 바른 무덤가에
작년에도 피어 있던 할미꽃
올해에도 말없이 피었네

먹을 게 없던 시절
목화밭 개똥참외 깎아주시던 할머니
검게 탄 소나무 그루터기에 돋아나 있던
고사리 한 줌 꺾어
할머니 손에 건네주던 어린 날의 기억
보일 듯 말 듯 눈에 어른거리는
할머니 모습

산 꿩의 긴 울음소리
산골짜기에 켜켜이 쌓여있던
고요를 흔들고 지나가네

겨울 풍경화

감나무 가지 끝에 매달린 까치밥
사립문 울타리 위에
움츠리고 앉아 있는 참새들
동짓달 추위 이겨보겠다며
까맣게 물들인 무명 저고리 솜바지 차림으로
동네 아이들 하나 둘
양지 바른 흙담 아래 모여든다

차가운 손 호호 불며
한 뼘 햇볕을 쬔다
손가락 사이로 스치는 날카로운 북풍
옆집아이는 대추나무 가지에 걸린
방패연을 쳐다보며 울상인데
처마 끝에 매달린 고드름
하나 둘 세어 보다가
고드름 끝 녹은 물방울이 하나 둘
다 헤진 고무신 위에 떨어진다

할머니가 손질한 시래기 몇 타래
헛간 처마 아래 매달려 겨울 볕에 말라가고
어린 날 읽었던 동화책 속에 그려진
삽화처럼 아련한 할아버지 고향

D.M.Z

백두에서 한라까지 피맺힌 꿈

거친 철조망에 막혀

오고 가지 못하네

허리가 끊어지는 고통 속에서 헤어나지 못한 채

오늘도 잠 못 이루네

동해물이 마르도록

저주의 푸념만 늘어 놓고

백두산이 닳도록

살기어린 눈빛만 주고 받으니

누구를 탓하랴

죽음의 고요 속에 잠든 산골짜기

들꽃 홀로 피고 지네

설날 무렵

추수 끝난 너른 들판
바람이 한 차례 불고 지나간다
김장철 지난 배추밭 고랑
들쥐만 들랑거리더니
오늘은 눈송이가 하나 둘 사뿐히 내려앉고 있다
동구 밖 참새 떼들도 기웃기웃
사립문 울타리로 날아든다
설날만 손꼽아 기다리던 아이들
함박눈 맞으며 뛰어다니자
강아지가 더 신이 나 냅다 달린다
두루마기며 바지에 솜을 누비시느라
할머니와 어머니는 밤을 새우고
마당 가운데 절굿공이
콩떡 쑥떡 쳐대느라 쉴 새가 없네

여시방 굴

고향 뒷산 중턱 어디엔가
여시방 굴*이 있다고
여우 문을 지나면 큰 강이 있어
한번 빠지면 앞마을 바위 밑
샘물이 흐르는 구멍으로 나온다고 했다

조무래기 어린 시절
산딸기랑 임금나무* 열매 따러 갈 때면
무서워서 멀리 돌아가곤 했다
코 밑에 잔털이 나고 얼마쯤 지났을 무렵
깨복쟁이 친구 셋이 성냥 들고 촛불 들고
죽창으로 무장하고 나섰다
여우문 지나 세 갈래 갈림길
한 사람도 지나가기 힘든 돌 틈 사이
불빛을 비춰 봐도
강물은 보이지 않았다

*여시방 굴 : 여우가 사는 굴
*임금나무 : 아주 작은 사과나무 일종

촛불

타들어가는 고통을 참으며
어둠을 쓸어내고
길을 밝힌다

온몸을 불살라버리고
남은 빈자리
어둠만이 가득하네
마음을 채워주던 그 빛
우주 어디쯤 가 있을까

가을 인생

젊은 날 아득히 멀어지고
귀밑머리에 서리 내려
떠나가는 세월을 바라본다

삶과 죽음이
항상 가까이 있지만
무심히 지나치고 말았는데

곱게 물든 단풍
가을바람에 떨어지고
흘러가는 한 해의 끝자락에서
창밖의 회색 하늘만
멍하니 바라본다

화투

국방색 군용 담요 펼쳐놓고
고 스톱 준비하다가
홍단 청단 고도리에 피바가지 쓰고
민폐 끼친 옆 친구를 흘겨본다

열 살 무렵
고모 친구가 화투 칠 때
옆에 앉아 민화투 나이롱뽕 눈여겨보았다가
눈 내리는 겨울밤
철수네 공부방 호롱불 앞에 둘러 앉아
깨복쟁이 친구들과 화투놀이 벌였는데

장땡 잡고 삼팔 광땅이라니!
토종닭죽 한 그릇 나누어 먹고
호롱불 검댕에 시꺼멓진 코끝 씻고
눈밭에 오줌을 갈겼네

허파에 바람 들다

잘도 웃었다
초등학교 삼학년 산수시간 구구단 외우기
앞 줄 끝나고
서너 살 위라 사타구니 아래 거웃이 나있던
뒷줄 남자애 차례
더듬더듬 마지막 구단
"구팔 칠십 이, 구구 씹 팔"
깔깔 대며 배꼽을 쥐다
사범학교 갓 나온 열여덟 살 여자 선생님
빨개진 얼굴로
"너희들 허파에 바람 들었나?"

종례 시간
"떠들거나 지각한 사람?"
반장이 이름 부르면
종아리에 매를 맞는 시간
"김ㅇ조 이ㅇ기 유ㅇ걸
오늘 한 대씩 까진다!"

옆 사람 쥐어뜯으며 웃어대다
어리둥절한 여 선생님
"까지기는 무엇이 까져?"
또다시 왁자지껄
"너희들 허파에 바람 들었나?"

웃음 많던 시절
지금도 잊지 못할 담임선생님

피카소처럼

1.
학교 앞 돌담벼락에는
아이들 수줍은 애정 표현이 다 그려져 있다
암놈 수놈 고양이 한데 엉킨
도무지 알 수 없는 그림
그림 밑에 누군가
'피카소가 그리다'
커다란 글씨로 길게 써놓았다

2.
중학교 다니던 시절
미술 선생님 갸우뚱 하며
"피카소가 한국에 왔나?"
내가 그린 그림이 피카소 그림을 닮았다고?
원근법을 무시한 가로수 길에
나무들 길옆에 직각으로 그려져 있네

인류의 비극 외면하지 않고
화폭에 담아낸 피카소
그런 피카소를 닮고 싶었는데

뭉크의 절규

백년이 지난 오늘도 지구는
탐욕스런 무리와
절망하는 사람들로
뒤범벅이 되어 넘쳐난다

핏빛으로 붉게 물든 하늘
거리 위로 낮게 드리워진 불타는 구름
암청색 도시는
칼 아래 놓여 있다

깊은 좌절의 늪 속에 빠져
유령의 무리처럼 거리를 헤맨다
숨이 막힐 것 같은 두려움에 떨며
오늘도 나는 두 손으로
머리를 감싸 쥐고 비명을 지른다

타히티의 고갱

우리는 어디서 왔는가
우리는 누구인가
우리는 어디로 가는가

끝없는 바다
화산처럼 타오르는 태양
때 묻지 않은 자연 속에
사람도 꽃이 되어 숨 쉬는 타히티
나는 내 삶을 송두리째 던졌네
뜨거운 가슴만이
세상을 흔들 수 있다는 것을 알기에
죽음을 응시하며
작품 속에 혼을 불어 넣었네

우리는 누구인가
아무도 모르네

샤갈의 꿈

두 손으로 촛불을 감싸들고
날개를 펼쳐
눈 내리는 하늘 속을 날아간다
고향 암소 눈망울 속에서
시를 찾아 읽고
커다란 두 귀로
바이올린 연주를 듣는다
사람들과 함께 모여
골목길에서 성탄 노래를 부른다
동화의 나라를 찾아가는 꿈을
오늘도 꾼다

4부 방아깨비 사랑

향일암 동백꽃

남녘 바다 보이는 자그마한 암자
두견새 울다 떠나고
동백나무 꽃망울 눈물 닦으며
겨울밤 지새우더니
잠 못 이루어 붉게 충혈 된 눈
지나가는 동자승 두 뺨 붉게 물들이고
맑은 목탁소리
어둠이 내린 바위 틈새를 뚫고 나가
새벽을 깨운다
들릴 듯 말 듯 풍경소리
바람 따라 흘러
동백꽃 한 잎 뚝 떨어뜨린다

바퀴벌레

한 쌍씩 손을 꼭 잡고
음습한 틈 사이로 요리조리 돌아다닌다
수시로 교미하며 알을 낳고
암컷이 죽으면 깊은 슬픔에 잠겨
다음날이면 어김없이 다른 암컷을 찾아 나선다
엄청난 번식력으로 이어져 온
3억 5,000만 년 전부터 시작된 바퀴벌레의 역사
인류 역사는 40만 년 전부터 시작되었다는데
지구 마지막 날까지 살아있을 바퀴벌레

달그림자

초사흘 밤하늘 눈썹달
산모롱이에 걸려 있네
연못가를 거닐면
그림자 내 뒤를 따르고
물속에서 달그림자 흔들리네
그림자 벗 삼아 잔을 들고
술잔 속에서 달을 보면
초승달 그대 눈썹이 되어
모습 떠오르네
달이 기울면
그림자도 기울고
달이 사라지면
그림자도 사라지고
그대 모습도 보이지 않네

하루살이

초여름 저녁어스름
실개천 나무 그늘로 달려드는
하루살이 떼
사랑싸움 치열하다

우리에게 내일은 없다
내 삶은 오늘 하루뿐

먹지도 않고
교미에 정신없다
암컷 따라 수컷들 쉴 새 없이 난다
저공비행 고공비행
위아래로 곤두박질
해 저무는 강가
오늘 하루 짧기만 하다

수선화

햇살 한 오라기
꿈꾸듯 가슴 속에 내려앉는다
해맑은 목소리로 누군가
꿈결처럼 나를 부른다
가녀린 몸짓
동공을 지나 망막에 맺힌다
아름다운 선율이 흐르고
잔물결 가슴에 인다
심장을 스치는 눈빛에
미소가 엷게 번진다
가벼운 현기증에
호숫가 나무에 몸을 기댄다

나팔꽃

이슬 맺힌 이른 아침
달콤한 꿈에서 깨어
그대 목소리 기다립니다
귓전을 맴도는 속삭임에 귀 기울입니다
돌담을 타고 한 뼘씩
감옥에 갇힌 임을 향해 기어오르는 실낱 줄기
나팔꽃 전설처럼

돼지 접붙이는 날

건넛마을 아저씨 댁 튼실한 수돼지
씨받이 소문에
귀띔으로 날을 받자
할머니 달걀 한 꾸러미 품에 안고
암돼지 시집 보내러 나선다

눈뜨기 힘든 새벽
할머니 성화에 못 이겨
고양이 세수하고 나선 길

한손에 긴 막대기 들고
암돼지 엉덩이 두들기며 고샅*을 나선다
할머니 빠른 걸음 질세라 뜀박질 하며

하느님이 내리신 뜻
끝없는 생명으로 이어지리이다

*고샅 : 시골 마을의 좁은 골목길. 또는 골목 사이

방아깨비 사랑

높이 뜬 태양이 불을 내뿜는다

청 보리밭 샛길에
어디선가 때때시* 날아오는가 했더니
그중 한 녀석이 살금살금 기어와
재빨리 암놈 방아깨비 등 뒤로 튀어 오른다

맞닿는 꼬리 부분이 하나 되어
파르르 떨리고
수컷 온 힘을 다해 용틀임한다
청보리 밭이 출렁거린다

*때때시 : 작은 수컷 방아깨비

94

봄 밤

눈썹초승달빛 별빛 쏟아지는데
암수 개구리
여기서 개골 저기서 개골개골
밤이 깊어가자
은하수도 졸린 듯 점점 희미해지는데
자정이 지나도록
수놈이 암놈 등에 올라타고 개골개골

개구리 그렇듯
아버지 어머니도
예전에 할아버지 할머니도
봄 밤을 이리 지새우셨겠지
봄이 오고 봄이 가며
순간에서 영원으로 그렇게

보길도

남녘으로 간다
완행버스 기우뚱거리며
숨차게 달린다

갈매기 한 무리 하늘을 메우고
윤선도 시조 가락 파도에 실려온다
젊은 연인 손을 맞잡고
떨리는 가슴 잠재우며 바닷가 거닌다

하얀 물거품 끝없이 밀려들고
짧은 순간 영원에 맞닿아
사랑은 끝없이 이어지고

수탉

해가 머리 꼭대기에 떴는데
수탉 한 마리
모이 쪼아 먹고 물마시더니
암탉 눈치를 슬쩍 본다

오늘은 누구한테 수작을 걸어 볼까
이리 저리 덤벼보지만
암탉 잽싸게 몸을 뺀다
다시 달려들어
암탉 주춤거리는 사이
그만!
꼬꼬댁 꼬꼬댁……

꼬끼요~
일 마친 수탉이
암탉 주위를 빙그르 맴돌더니
담장 위로 훌쩍 뛰어오른다
긴 목 빼고
개나리 꽃 한 잎 물고 꾸벅꾸벅
봄날 한나절 길기도 하다

부부

어언 사십 년
속앓이도 했었지
함께 기뻐하고 함께 슬퍼하며
울다 웃다 살아온 나날
어느새 머리에 눈꽃 가득 내렸네
주님 사랑 가득해
십자가 아래 온 식구 다함께 모여
작은 행복 가슴에 품고
감사기도 드리네

1950년 식, 2050년 식 부부 사랑

할머니 손 한 번 잡은 죄로
장가가는 할아버지
1950년 식式 물방앗간 사랑
성춘향은 알아도
로미오와 줄리엣은 알듯 모를 듯
오르가즘도 모르고 홍콩도 못가 봤지만
밤마다 할머니 치마 벗기며
아들 딸 잘 낳고
사랑을 몸으로 말했는데

로즈메리 킴 주피터 리
2050년 식式 사랑
땀 흘리며 지저분한 성행위는
잊은 지 오래
각각 버튼 눌러 오르가즘 즐기고
알약 한 알 먹고 홍콩으로 홀로 간다
신혼여행은 남극해 광물탐사
첫날밤은
싱글 캐빈 캡슐호텔에서……
아들 딸 택배는 내일 오려나

어떤 봄날

호수를 스치는 안개 위로
가녀린 바람 불어와
매화나무에 스며 있던
봄을 흔드네
갓 피어난 홍매화를 꺾어든
새색시 벌어진 앞섶 사이로
봉긋한 젖가슴 슬몃 보이네

연인의 향기

은은히 풍겨오는 향기
라일락인가
백합인가

가까이 다가온다
발그레한 얼굴
맑은 눈동자
미소 지으며 입맞춤한다

우유 빛 투명한 살결
앞가슴 부푼 꽃봉오리 사이에서
잠이 든다
꿈인 듯 생시인 듯

잠자는 샘물

아랫마을 과수댁
배꼽 밑 한 뼘 거리 옹달샘

김 첨지는 쌀가마니 몰래 보내
호시탐탐 노리고
건넛마을 노총각은 진달래 꽃은 나무 한 짐
마당에 내려놓고 얼굴 붉히는데
긴 한숨 쉬며
장독대 뒤로 돌아서던 과수댁

창호지 문 틈 사이
보름달 환하고
멀리 개 짖는 소리에
산골 밤은 깊어만 가는데

김 첨지 쌀가마니
못이기는 척 받을 걸 그랬나
노총각 듬직한 등짝도 눈에 아른거려

젖가슴에 손을 얹고
이리 뒤척 저리 뒤척
쿵쿵 뛰는 심장 소리에
옹달샘도 잠 못 들고 밤을 밝히네

춘화도

1.
시냇가 버드나무 아래 김 진사
바지춤 내려
아낙네와 운우의 정 나누고

장터를 어스렁대던 발정 난 암캐
수캐와 붙어 돌아다니자
어린 새댁 귓불 붉히며
밤새 잠 못 이루네

2.
은밀한 동양 춘화
지나가던 스님 나무 뒤에 숨어 곁눈질하고
등 너머로 훔쳐보던 종년
침만 꼴깍 삼키는데

오색 빛깔 서양 춘화
선진국 야릇한 수출품
발가벗은 전위예술 요지경 세상

큼직한 방망이 앞에
요조숙녀 따로 없고
개인전 그룹전 바라보기도 민망한데
눈 감아도 어른거리니 더욱 민망하여라

좁쌀 막걸리와 씨앗 동동주

"좁쌀 막걸리 한 병 주세요"
"씨앗 동동주 한 병 주세요"

바닷가 막걸리 집에서
조 껍데기 술에 해물파전 한 접시
씨 껍데기 술에 더덕전을 주문한다

마셔보니
술맛에 품위가 녹아 있다

옆에 앉은
중년의 아저씨 아줌마들
얼큰히 취한 채 한껏 목청을 높여
"좃 껍데기 술 주세요"
"씨입 껍데기 술 주세요"

자꾸 듣다 보니 어쩐지 야릇해지네

저녁노을

사랑하는 이와
거닐던 바닷가
물결에 씻겨 빛나던 조개껍질
능금 빛으로 익어가던 마음
그 하늘가
끝 간 데 없이 마냥
붉기만 하던

꿈

외줄타기 광대를 따라 하늘로 오른다
커다란 무지개 바구니에 실려
세상을 내려다보며 날아간다
백만장자의 여인이 되어
지중해를 품에 안아보고
아라비아 사막에 쓰러지면
백마 탄 왕자가 구해줘 페르시아 왕비가 되지만

어느 날 밤 궁전 뒤뜰 석유탱크에 빠지고
꿈은 꿈에서 깨어나지 못한 채
꿈속으로 사라진다
꿈에는 아름다운 빛이 있어
꿈을 꾸고 나면 그 꿈을 나누고 싶다

내가 나비인지
나비가 나인지 모르고 하늘을 난다
장자의 꿈을 꾸고
무지개 바구니에서 오색 꽃잎을 뿌려
세상을 꽃잎으로 뒤덮는 꿈
그런 꿈

5부 겨울, 포장마차

코스모스

가을에 피어야 반가운데
오월에 코스모스 한 두 송이
유월에는 지천에 피네
사람들아, 사람답게 살아라
지구가 제정신이 아니니
꽃인들 어쩌랴
코스모스로 바람개비 만들어
하늘에 날려본다
코스모스cosmos 카오스chaos
지구는 대답이 없네

겨울, 포장마차

바람이 쓸고 지나간 길모퉁이
흐릿한 불빛 아래 취객 몇 사람
술잔을 부딪친다
뜨거운 홍합 국물과
차가운 술로 입술을 적신다
아련히 보이는 여인의 실루엣
바람에 실려오는 조개구이 냄새
반쯤 눈이 감긴 젊은이가
여자 허리를 한 손으로 감싸안는다

빨간 입술 아가씨
말없이 홍합만 바라본다
한 잔 부딪히고
두 잔 들이키고
마주 보는 두 눈과 눈
보이지 않은 손과 손
그리고 입술과 입술

목욕 수행

목욕탕 뜨거운 물속에
가부좌 틀고 앉아 잠시
보리수 아래 해탈을 꿈꾼다

슬픈 사람 고통 받는 사람들
따뜻한 물처럼 감싸주고
십자가에 못 박힌 거룩한 분 뜻을 따라
촛불처럼 살리라
예수를 꿈꾼다

그러다가 시끄러운 소리에 눈을 떠 보면
온탕 냉탕 번갈아 가며 찬 물, 더운 물 뒤집어쓴
피둥피둥 살찐 몸, 몸, 몸
시뻘겋게 문지르고
온 세상 네 것 내 것 모두 다 내 것이라는
행복한 돼지들 뿐

지구

지구가 돌고 있다는 걸
나는 믿을 수가 없다
시속 1,670km로 스스로 돌고
시속 104,400km로 태양 주위를 돈단다
어지럽지도 않은데 정말일까

지구는 둥글고 낭떠러지가 없다
탐욕을 쫓는 자
거짓과 위선의 선지자들
낭떠러지가 없으니 잘만 매달려 간다

잠깐 멈추어 다오
오늘 하루만이라도 내리고 싶다

월요병

초록빛 싱그러움 보이지 않고
회색빛만 눈에 띄네
발걸음 무거운 월요일 아침
거리는 좀비들로 넘쳐나고
일상의 무게에 짓눌려
건물마다 내려앉은 잿빛 그림자
도깨비 허상

마음속에 도화지가 있다면
초록빛 물감 풀어놓고
하늘도 그리고
들녘에 핀 들꽃도 그리고
샛노란 병아리 색 덧발라
봄날 개나리도 그려볼 텐데
그러면 월요병도 사라질 텐데……

잎새술

한 잔 마신다
술잔과 술잔이 만나더니
삶과 꿈이 만난다

한 잔 마신다
광야를 달리고
세상을 만지작거린다

한 잔 마신다
육체는 잠들고
영혼이 깨어나니
인생을 마시며
철학을 우롱한다

한 잔 가득 마신다
입술에 부딪히는 잔
가슴을 찌르는 순간
짧은 인생 우주를 향해 날아간다

로또 복권

복권, 로또복권
아저씨 아줌마 삼촌 이모
한번, 두 번, 세 번……
자꾸 사는데
한번 꽝, 두 번 꽝
자꾸 자꾸 꽝 꽝……
지갑에 고이 모셔두었던
신사임당, 세종대왕 어디로 가버리셨나
금요일 왕창 투자하더니
토요일에는 또 깡 소주에 라면 국물 마시고 있네

옥탑방 아저씨
어제 떠났네
휴지 복권 하늘 위로 날아가고
가난도 슬픔도 함께 떠났네

해부학 실습

포르말린 냄새 가득한 해부학 교실
두툼한 원서 옆에 끼고 긴장된 실습 첫날
석상 위에 시신들 흰 천에 덮여 있고
모두 머리 숙여 묵념을 한다
지난날의 그 누군가
이름 모를 그 분 여기 누워 계시다니
실습용 나이프와 핀셋을 들고
선뜻 다가설 수가 없네

깡마른 남자 시신 실습하기 편한데
여인의 시신은 어려워
표피 벗기고 근육 찾아 젖히고
신경 혈관 분포 샅샅이 살펴보기 힘들다

복부를 열고 들여다보면 온갖 장기 다 보이는데
우리 삶은 어디 깃들어 있는 걸까
영혼은 어디 숨어 있나
두 달 동안 계속되는 해부학 실습
피할 수 없이 지나가는 시간
생명의 고귀함 깨달으며 말없이 고개 숙인다

안구 적출술

한밤중에 달려간 응급실
젊은 여자 환자 쓰러져 있다
눈 밑엔 핏물 흐르고
아무것도 안 보인다고 울부짖네

젊은 남녀 음주운전
남산길 과속주행
커브길 가드레일에 부딪혔다 한다
남자는 멀쩡한데
여자는 앞 유리창 깨진 틈에 얼굴 부딪혀
두 눈이 완전히 파손되었다
삶의 짧은 순간
알 수 없는 비극이 깊이 숨어 있네

2050 인간 복제

복제 인간이 태어났다
아버지 복제품이 아들의 아들 나이
여기 저기 뒤죽박죽
사람 공장 생기네
인간 대량 제조 공장
분배되는 무상제품
너와 나 구분이 안 되네
내가 인간이냐
네가 사람이냐
혼돈의 세상
생명과학 질병 치료 앞세우고
DNA 뇌관 풀리면
심장도 바꿔 달고
머리도 바꿔치고
내 나이 삼백 살 좀비인간
온 세상 재생 인간 헛된 인생
만지작 만지작 DNA 핵폭탄
스핑크스 인어공주 함께 살며
지구인간 세상 종말

돈벼락

돌고, 돌아다니는 돈
잡힐 듯 잡히지 않아
돼지꿈에
로또 복권 한 움큼 사더니
경마장에서 한 탕
카지노에서 또 한 탕을 노리네

돈벼락 생각에 잠 못 이루고
돈이 돌아
머리가 돌아
아픈 머리 싸매고 앉아 두통약 삼키더니
지구를 돌리고
역사를 돌리려 하네

간밤에 천둥 번개에 벼락 치던데
돈벼락 아니었나

불타는 조개

서쪽 바다 조개구이 전문식당
'불타는 조개'
연탄불 화덕 위에
맛조개 모시조개 백합조개 진주조개
키조개 떡조개 참조개 새조개
돌조개 동죽조개 명주조개 가랑잎조개

소주 한 잔 걸치고 조개를 바라본다
익으면 저절로 입을 벌려
껍질은 타도
불타는 조개는 없는데

젖산, 호박산, 유기산, 핵산에
필수 아미노산 타우린 많아
강장 강정에 좋고
음을 보충하고 혈을 만들고 열 내리게 한다

대합 굴 바지락 가리비 전복 홍합 꼬막 소라
함께 먹는 조개구이

남쪽 바다 서쪽 바다

바다 밑 조개들 잠들지 않고

조그마한 도끼날 발로 걸어다니며

열었다 오무렸다

열었다 오무렸다

어떤 삶

오늘도 해 뜨고 달이 진다
월가 그대들의 천국
그대들만의 잔치
무얼 위해 사나
뭣 땜시 사나
울고만 싶어
떠나가고파
정든 강 정든 산
그대들의 천국
정든 땅 정든 고국
그대들만의 잔치
손잡고 일어나 점령하라

*미국 Wall Street 사건 후

소작농
− 삶5

악마의 배설물로 쌓아 올린
도시의 바벨탑
햇빛을 나누지도 않고
바람의 길을 막고 서서
긴 그림자만 남긴다

거리의 좀비들 어느새 하이에나 되어
손톱만한 욕망 앞에
파리 떼처럼 모여들었다 흩어지고

단세포 텅 빈 머리로
영혼 없는 개떼를 앞세워
광화문 오가는 들쥐를
이리저리 휘몰아 내동댕이친다
의미의 무의미 밖에 못 찾은 흰 손으로
하늘보고 땅 두드리며
거짓 사냥꾼을 저주한다

자동차 수출 왕국

새색시 가마 타고 시집가던 시절에는
신랑은 말 타고
떠꺼머리총각이 당나귀 고삐 쥔 채
따라나섰다는데

대한제국 고종 황제 포드 자동차 타던 시절
두 눈에 네 바퀴 달아
소달구지 놀라 뛰고
할아버지 할머니
'얘야, 차 조심해라!' 신신당부

대한제국 사라지자
고무신 신고, 지게 지고
삼일운동 독립만세 불렀는데
바다 건너 미국에선
포드자동차 백만 대 돌파

이제 반세기만에
자동차 수출 왕국 되고 보니
고물 자동차 아무데나 팽개치고 도망을 가네

아파트

겹겹이 쌓아 올린
성냥갑 비둘기 집
소형이냐, 대형이냐 시샘하고
임대냐, 민영이냐 따져도 보고
평당 가격 얼마냐
재건축은 언제 하나
머리 굴리다
머리털이 빠질 지경인데

대한민국 방방곡곡
아파트, 또 아파트
살기 좋고 돈이 된다고
너도 나도 달려들어
10층짜리 아파트 재건축 하니
눈 깜짝 할 사이 30층 아파트로 올라가는데
우리 옆 동네엔 50층 아파트라네
공기 부족, 산소 부족에 운동도 부족한
각박한 아파트 인생
아파트 떠나가면
흙속으로 사라질 딱한 인생

섬마을

소풍 가는 어린이처럼 부푼 마음으로
의료봉사 가방 챙겨들고
여수에서 출발하는 여객선에 몸을 싣는다
섬마을에 도착하니
진료실은 바다가 보이는 정겨운 교실
고향 친척처럼 살가운 마을 어르신들
지금도 그 섬마을 파도소리 그립다

지하철

고맙구나
동서남북 무료 여행
늙은 부부 두 손 잡고
온양온천, 춘천막국수, 양평해장국 찾아가네
짧은 인생 행복 찾고
건강보험 절약 되네

파란 눈에 코 큰 사람
검은 얼굴 곱슬머리
디스 스탑 이즈 동대문 역사문화공원역
워치 유어 스텝!

텔로미어

– 삶 3

삶은 죽음을 부르고
죽음은 삶의 재시작
모두 정해진 시간 속에 삶을 마감하네

세포로 구성된 생명체 속
염색체 끝에 텔로미어* 있어
세포가 분열할 때마다 조금씩 짧아진다네
짧아지면 세포 분열 멈추고
노화현상 일어나 죽음에 이르게 된다는데
텔로머라아제* 발견해
텔로미어가 세포 분열 계속할 수 있게 해주면
영원한 생명을 얻을 수 있다고 하지만

젊은이는 젊은이대로
노인은 노인대로 천년을 살다 보면
생명이 지구를 넘쳐
멸망의 길로 가게 되지 않을까

*텔로미어 : 세포 시계의 역할을 담당하는 DNA 조각들
*텔로머라아제(텔로머레이스) : 염색체 속 텔로미어 관여 효소

친구에게

낙엽이 떨어집니다
머언 하늘에
구름이 무심히 흘러갑니다
세월이 가는군요
젊음은 어디로 가고
가슴에는 고요함과
안타까움이 서려 있네요
벌써 60회 생일이 우리에게 다가왔군요
축하하고 축하드립니다
끊임없는 우정이
변함없는 믿음이
먼 훗날까지 함께 할 것입니다
건강과 행복 그리고 친구는
꾸밈없는 마음의 평화를 선물합니다
만나면 우리는 항상 즐겁습니다

*60회 생일을 축하하며,

아내에게

– 나의 60회 생일날에

그대 이름을 조용히 부릅니다
잔잔한 사랑이
가슴에 파문을 일으킵니다

긴 세월동안 그대는 변함없는 열정으로
눈보라 속에서도 나를
따뜻이 감싸주었습니다
오늘도 내일도
슬픔과 고통은 세월 속에 묻고
나는 당신과 함께 흘러갑니다

사랑하는 아내 Y
한 번 더 살며시 불러 봅니다
붉게 타오르는 태양도
해질녘 노을도
그대와 나의 마음속에서
함께 뜨고 함께 집니다

세월이 흘러도

아름다운 사람은 변하지 않습니다

소중한 나의 아내

먼 훗날 그날까지

그대가 있는 곳에 나는 늘 함께입니다

후기

– 가까이서 보내온 글

양 인 숙

여름날의 푸른 숲
가을의 붉은 단풍
황금물결 벌판
시골길 옆 찬 이슬 머금은 들국화
정겹게 들려오는 닭 울음소리
멀리 개 짖는 소리

고층 빌딩 숲속
길거리 시끄러운 소음
강물처럼 밀려가고
밀려오는 군상들
그 속에 존재하는 나

빈손으로 와서 빈손으로 간다
사랑만 남았다

국립중앙도서관 출판예정도서목록(CIP)

방아깨비 사랑 : 이문기 시집 / 지은이: 이문기. -- 광
주 : 우리글, 2015
    p. ;   cm. -- (우리글 시선 ; 089)

ISBN 978-89-6426-073-9 03810 : ₩9500

한국 현대시[韓國現代詩]

811.7-KDC6
895.715-DDC23   CIP2015030964

방아깨비 사랑

1판 1쇄 인쇄 2015년 11월 15일
1판 1쇄 발행 2015년 11월 20일

지은이   이문기
발행인   김소양
편집   권효선, 김소애
마케팅   이희만, 장은혜

발행처 ㈜우리글
출판등록번호 제321-2010-000113호
출판등록일자 1998년 06월 03일

주소 경기도 광주시 도척면 도척로 1071
마케팅팀 02-566-3410 **편집팀** 031-797-3206 **팩스** 02-6499-1263
홈페이지 www.wrigle.com **블로그** blog.naver.com/wrigle

ⓒ 이문기, 2015

값은 표지에 있습니다.
ISBN   978-89-6426-073-9   03810

잘못 만들어진 책은 구입하신 서점에서 교환해드립니다.